LES
DEUX ODES
NOUVELLES.

SECONDE ÉDITION.

A PARIS,

Chez les Marchands de Nouveautés.

1781.

Delaunay

A

NOTRE SAINT PERE

P A P E.

PONTIFE à la triple Couronne !
Qui vénérez tant mon Héros !
Daigne votre augufte Perfonne
M'accorder quelques numéros
Des Indulgences qu'elle donne !

Le Poëte fur fon déclin.

ODE

A DIEU.

Source éternelle de lumière !
Etre fans principe & fans fin !
Daigne , couronnant ma priere ,
M'éclairer du flambeau divin.
Mobile fuprême de l'âme !
Eleve l'ardeur qui m'enflâme ,
Jufqu'aux plus fublimes accens ;
Il ne faut rien moins que ta grace ,
Pour me conduire fur la trace
Des Saints qui t'offrent leur encens.

A

SEIGNEUR! de quel épais nuage
Je sens mon esprit dégagé !
Ce rayon pur est ton ouvrage ;
Je surmonte le préjugé.
Ton souffle ardent m'enfle, m'inspire ;
J'ose confier à ma lyre,
Des oracles dictés par toi—.
Que Satan frémisse & m'écoute !
Que ses Suppôts mis en déroute,
Cédent, quand tu parles par moi.

MAIS quoi ! c'est moi-même, perfide,
Qui trahis un Maître jaloux !
Par ce faux zèle qui me guide,
N'irrité-je point son courroux ?
Penché sur le torrent du crime,
Puis-je éviter le sombre abîme
Que je vois prêt à m'absorber ?
Dieu puissant ! ton doigt que j'adore
M'indique, il en est tems encore,
Le moyen de n'y pas tomber.

C'EN est affez : parle ! & j'avance.

Soutien mes pas mal affermis.

Verfe les dons de ta clémence

Sur tous les maux que j'ai commis.

Déjà mon cœur plein d'allégreffe

Goûte la paix enchantereffe

Qui regne autour de tes autels—.

Non ! rien n'efface les délices

Qu'épand l'exemption des vices

Dans l'ame des juftes Mortels.

LA mienne, hélas ! quoiqu'égarée,

Contre le fchifme a combattu.

J'ai violé ta Loi facrée,

Sous les drapeaux de la vertu.

Du monftre devenu la proye ;

Loin de fuivre la bonne voye,

J'errai fous ce guide étranger—.

Tel un Pupille déifie

Le Maître de philofophie

Qui le précipite au danger.

NOUS fixons au centre des mondes,
L'aftre qui fuccede à la nuit,
De leurs planetes vagabondes,
Nous déterminons le circuit.
Volant à la plus haute étoile,
L'homme afpire à percer le voile
D'un trop redoutable avenir——.
Ainfi j'aloux du nom de fage,
A peine a-t-il fait le voyage,
Qu'il part pour ne plus revenir.

QUEL efpace ! quelle carriere,
Du doute à la conviction !
Entre l'efprit & la matiere,
Quelle obfcure diftinction !
L'un s'élance, creufe, s'agite ;
L'autre fe meut, tourne, gravite ;
Il eft donc un premier moteur.
Plante, animal, corps métallique ;
Volatil, terreftre, aquatique,
Tout nous ramene au Créateur.

PAR quelle puiſſance élective
Agit ma faible liberté ?
Sur quelle influence attractive
Se décide ma volonté ?
Ce goût inné pour la juſtice ;
Ces remords, compagnons du vice ;
Ce flambeau du diſcernement.
De mes organes deſtructibles
Les facultés imperceptibles,
Prêchent le Dieu du ſentiment.

TRISTE mortel ! rentre en toi-même ;
Sonde les replis de ton cœur.
Qui t'a donné, du bien ſuprême,
Ce beſoin, ce deſir vainqueur ?
Sans l'épreuve de la ſouffrance,
Connaîtrais-tu de l'eſpérance
La conſolante volupté ?
Ainſi, l'Auteur de la nature,
Permet le trouble qu'elle endure—;
Le repos en eſt mieux goûté.

POUR ma peine ou ma délivrance,
O fort! plus ou moins libéral,
Je reconnais mon ignorance
Sur le principe général.
Qu'il foit, comme j'aime à le croire,
Agent concentré dans fa gloire,
Par-tout c'eft un Etre éternel——.
Cette ame immenfe, néceffaire,
Sans nulle époque originaire,
Ouvre à l'homme un fein maternel.

A connaître le Dieu des Pâtres,
David même eft-il parvenu?
L'Etre avoué des Idolâtres,
Ce Dieu qu'ils difaient inconnu,
C'eft le même qui vers le pôle,
D'un vil fang voit rougir l'Idole,
Faite pour le repréfenter——.
C'eft lui qu'invoque enfin l'Impie,
Comme feul maître de la vie,
Quand la mort vient l'épouvanter.

L'UNIVERSELLE Architecture
Peint de l'Artiste l'unité :
Du Firmament l'enluminure
Proclame son infinité.
La terre en son centre enflammée,
La mer en son lit renfermée,
Obéissent à ses décrets—.
Du Pirronisme les racines
Ne produisent que des épines,
Pour les Scrutateurs indiscrets.

C'EST vous! :ébelles incrédules,
Qu'apostrophe ici ma fureur.
Vous n'êtes que des Somnambules
Voués à l'Hydre de l'erreur.
Où tendent vos vœux, téméraires ?
En recherches au but contraires
Vous perdez la combinaison—.
Plus sages, plus heureux, sans doute,
Si vous n'eussiez pris une route,
Où s'égare votre raison.

DÉGRADANT la beauté du culte,
Au fein duquel vous êtes nés,
Votre préfomption infulte
A des Peuples moins fortunés.
L'injufte orgueil qui vous domine,
Prophane la faine doctrine,
(Regle invariable des mœurs).
Pere commun de la nature !
Tu n'exiges qu'une ame pure—.
Ton évangile emplit nos cœurs.

S U P P L I Q U E,

A Monfeigneur L'ARCHEVÊQUE.

PONTIFE ! dont la mître eft la moindre couronne,
Oracle des Chrétiens, arbitre de la Foi !..
De cette Ode agréez & l'hommage & l'envoi.
Pléniere indulgence à ma faible perfonne ;
　　L'œuvre eft de moi, quoiqu'affez bonne ;
　　Affez bonne, quoique de moi.

　　　　　　L'Abbé DELAUNAY.

ODE

A SAINT VINCENT

DE PAUL.

INCLINEZ-VOUS, Manes antiques
Des Fondateurs infidieux !
Démafquez vos fronts politiques,
Légiflateurs faftidieux !
La Vérité qui fuit nos faftes
Doit exalter, par des contraftes
Le Moiffonneur du Roi des Rois.
Ce Héros que je vous préfère
Triomphe au - deffus de la fphère,
Où fe borne l'efprit des Loix.

Maîtres auguftes de la terre,
Fameux par votre fainteté !
Conquérans qui fîtes la guerre,
Armés pour la Divinité :
Penchez vos têtes fouveraines
Sur un Pâtre de vos domaines,
Qui s'illuftra par fes vertus.
L'éminence de votre gloire
Ne peut bannir de la mémoire
Les Payens qu'il a combattus.

Et vous, Pénitens folitaires,
Humbles Chrétiens contemplatifs !
Pieux ennemis des fectaires,
Grands Ecrivains fpéculatifs !
Reconnoiffez le parallèle ;
Celui dun Serviteur fidèle,
Choifi par la main du Seigneur.
Il fe régla fur vos principes ;
Vous devîntes fes prototypes,
Sans l'avoir pour imitateur.

Du fep de la vigne myftique
Voyez les pampres cultivés ;
Les confins du double Tropique
De fa liqueur font abreuvés.
Quel eft l'Ange qui fubftitue,
Dans la plus lointaine étendue,
Ce nectar au fang des Martyrs ?
Du Soleil couchant à l'Aurore,
Eft-il un Jufte qui n'implore
Mon Saint dans les derniers foupirs ?

Vincent de Paul, quoi ! je te nomme !
Hommage vain ! foin fuperflu !
Tes périls défignent un homme
Ta perfévérance un Élu.
Mais ce qui mieux te manifefte,
Comme affis au féjour célefte,
Au rang des plus rares Efprits,
C'eft le Confeil de la Régence,
Où tu déployas la prudence,
Qui refpire dans tes écrits.

J'en appelle au fein de l'Eglife,
Dont tu méritas les tributs.
Notre Clergé te préconife
Sur la réforme des abus.
Tu reftauras fa difcipline,
Rétablis la faine Doctrine
Par la chaleur de tes avis.
Dans l'école des Séminaires
Fondés par tes foins tutélaires,
Tes documens furent fuivis.

Quelle vie en travaux féconde,
Egale celle de VINCENT?
Parmi les traits dont elle abonde,
J'en rappelle un, j'en tairai cent.
Un mot fuffit pour le dépeindre:
Il furmonta tout fans rien craindre;
On fait quels furent fes revers.
La fermeté de fon génie
Déconcerta la calomnie. . . .
Son Tribunal fut l'Univers.

Qu'on se peigne les lourdes chaînes,
Dont il a supporté le fer!
Ses courses ne furent point vaines;
Il brava les flots de la mer.
Il étonna par sa constance,
Les Pirates, dont l'arrogance
Le mit à l'épreuve du sort.
Au Despote de tant d'esclaves
Il mit lui-même des entraves,
Le convertit, fut le plus fort.

De ce zèle plein de courage,
Combien d'utiles monumens?
Pour soulager l'homme à tout âge,
Quels vastes établissemens!
Humanité pauvre & souffrante!
Il fallait, à ta vie errante,
L'amour d'un tel Consolateur.
Sa piété toujours active,
Répondit à ta voix plaintive,
Par les accens d'un Bienfaiteur.

Mais de quel raviſſant ſpectacle,
Sont frappés, enchantés mes ſens !
O Crêche, immenſe réceptacle,
Où ſont nourris tant d'innocens !
De leur ſort triſte & déplorable,
Par l'abandon le plus coupable,
Tous les cœurs étaient déchirés....
La Nature en fut outragée.
VINCENT ſoupire.... elle eſt vengée....
Leurs aſyles ſont aſſurés.

Qu'il eſt beau d'avoir pour reſſource
Aux publiques calamités,
Un puits de grace dont la ſource
Coule aux champs & dans les cités !
Des Sœurs à veiller toujours prêtes,
Douces & ſages interprêtes
De l'infaillible Médecin.
C'eſt par lui, par ſes ordonnances,
Que leurs pieuſes aſſiſtances
Font à la Mort plus d'un larcin.

Que j'admire ces aſſemblées,
Où préſide la Charité !
De ces demeures iſolées,
Ouvertes à la pauvreté !
Envain le tranchant Publiciſte,
Par ſon calcul d'Economiſte,
Proſcrit ces reſpectables lieux....
L'indigent nud.... couvert d'argile,
Y reçoit, ſelon l'Evangile,
Des ſecours émanés des Cieux.

Juſqu'où n'ira point la promeſſe
De l'Apôtre, avant de mourir ?
Qui peut prévoir de ſa ſageſſe,
Les fruits que le temps doit mûrir ?
Comme le grain, ſa Compagnie
Se propage, ſe multiplie ;
Tout concourt à la cimenter....
Sur de grands prodiges fondée,
De grands miracles ſecondée,
Elle ne peut que s'augmenter.

Ainſi du roſeau le plus tendre
A la couronne du palmier,
L'eſprit de VINCENT doit s'étendre
Au dernier temps comme au premier.
Ainſi croiſſant, cette Famille,
Aux rameaux dont elle fourmille
Ajoutera des rejettons. ....
Et d'un ſeul arbre l'heureux germe
Fécondera, ſans aucun terme,
Autant de fleurs que de boutons.

Grand Saint ! que ta gloire ſublime
Lance de lumineux rayons !
Je ſens que leur reflet anime
Le feu brûlant de mes crayons.
Ton nom m'enflamme de ce zèle
Qui s'alluma par l'étincelle
D'un enthouſiaſme vainqueur....
Chaque jour s'accroît, dans ma tête
L'eſpoir de chanter à ta Fête,
Cette Hymne, Ouvrage de mon cœur.

L'ABBÉ DELAUNAY.

www.ingramcontent.com/pod-product-compliance
Lightning Source LLC
Chambersburg PA
CBHW061524170626

46811CB00004B/1830